浮誇的不是表情，是我的人生

謝凱蒂——著

浮誇甜心謝凱蒂的

掏心散文

目錄

作者序

常常會有人問我：

「凱蒂凱蒂，妳私下也都這麼浮誇嗎？」

「怎麼可以有這麼多戲？該不會是演出來的吧？」

針對這樣的問題，我總是會心一笑。

沒錯！我私底下就是這麼浮誇多戲，嚴格來說應該是說蠻有事的，不知道是不是巨蟹座的關係，總會有自己的小劇場，而那些劇場平常都是在我的腦海中盤旋，所以在我的表演工作中可以展現的時候，我很開心、自在，覺得自己總算找到可以發揮的舞台了。

每當有浮誇好笑的影片出來，總是會有粉絲朋友留言跟我說聲謝謝！謝謝我帶給大家歡笑，療癒了他們，甚至還有人寫信跟我分享最近生活過得很艱辛痛苦，但看完我的影片感到舒壓、快樂，收到這些回饋，我真的好欣慰、好感動，沒想到我這麼小小的舉動可以帶給大家這些能量，我真是何德何能啊（泣）。但私底下的我，也有一部分是很脆弱敏感的，情感豐厚到有著愛哭包的稱號。容易被感動，常常在應援時看到萬人齊聲的吶喊就會讓我眼睛泛紅濕潤，也會因為遭受到指責謾罵而難過沮喪，幸好我都撐過來了。

感謝一路上給我支持、給我力量的朋友，在我表演十幾年的生涯當中，總算被看見了！還被出版社注意到，才有榮幸可以出這本書，對！它不是只有照片的寫真書，而是充滿我的人生故事，有著歡笑淚水、有著溫度的文字書，帶領大家進入浮誇甜心的劇場裡。

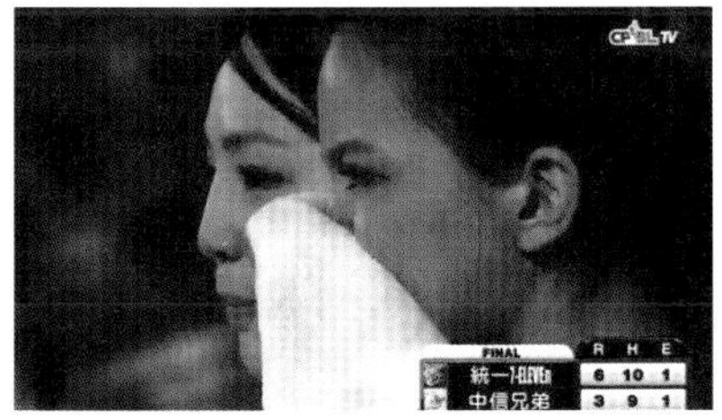

2014 年在天母球場的比賽中，被中信兄弟永不放棄的精神感動到激動落淚。

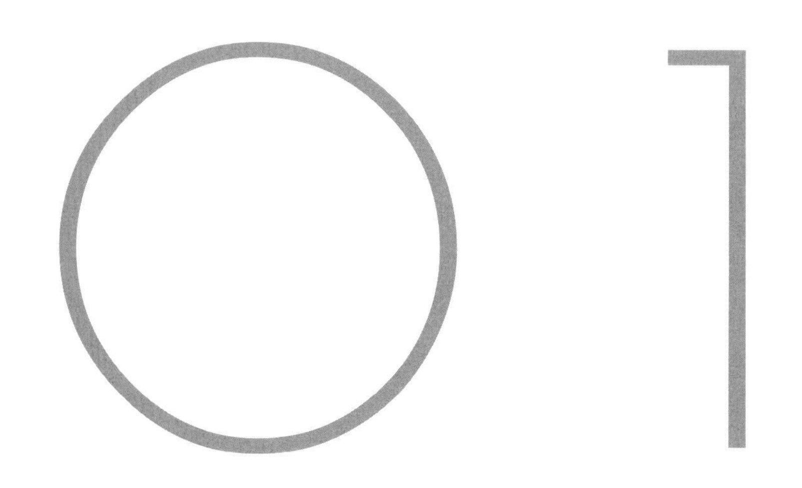

你好！童年——那個總是被忘記名字的小女孩

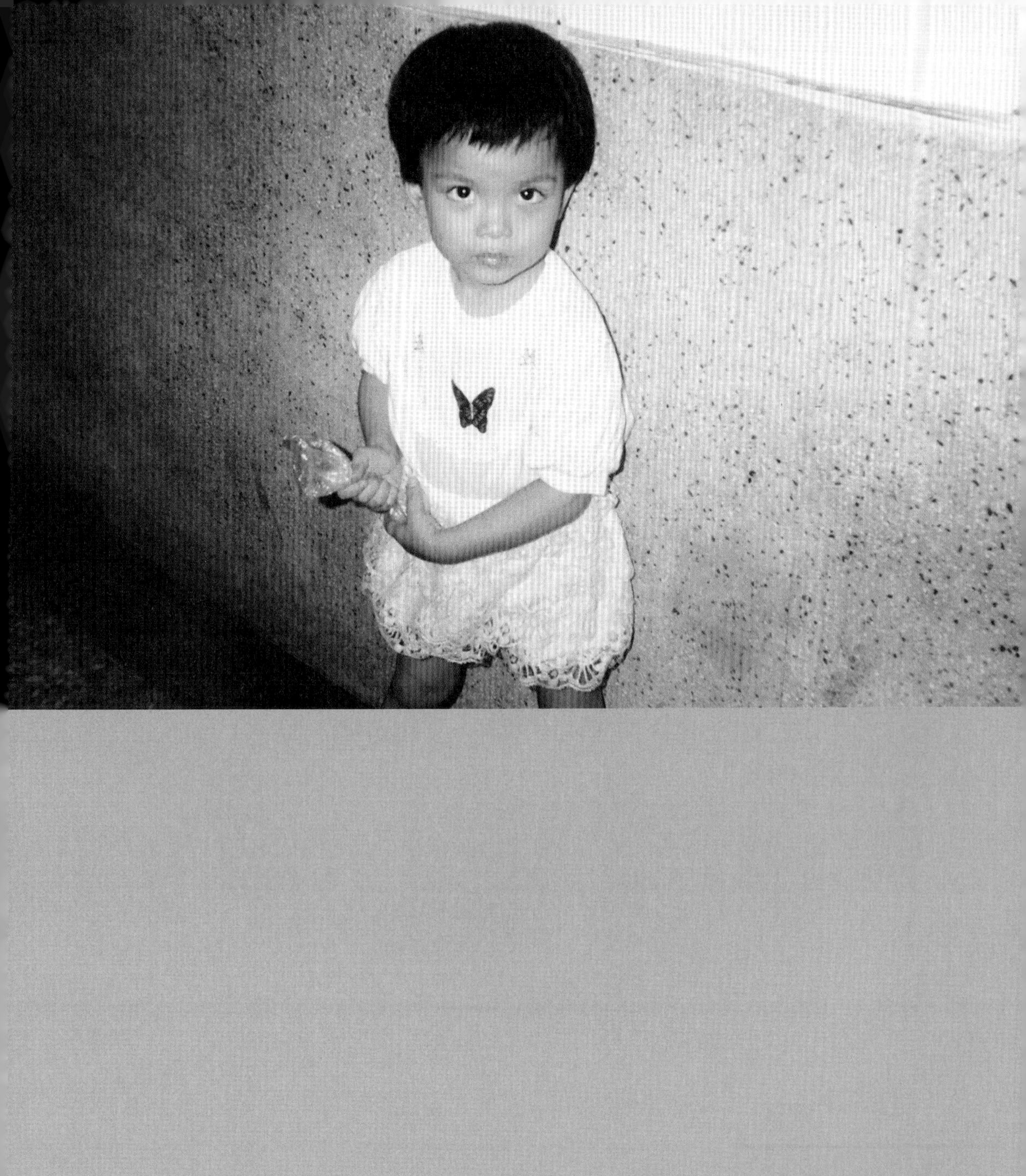

「凱蒂！我好喜歡妳，妳好好笑喔！」
「謝謝妳帶給我們那麼棒的表演，妳跳舞好浮誇好特別，我們同學都會學妳應援喔！」
「咦？那是謝凱蒂嗎？凱蒂好漂亮喔！」
「凱蒂！這是送給妳的，希望妳會喜歡，我最支持妳了唷！」

作爲球隊啦啦隊員，我經常收到很多的讚美、喜愛與禮物。

說實話，沒有人會不喜歡被這些閃亮亮又香噴噴的喜愛與讚賞包圍，我也不想假裝自己並不在意。

不管是在球場上、球場外，或者是在網路社群媒體裡、路上偶然的巧遇，每一次收到這些閃閃發光的笑容和話語，我總是非常、非常珍惜。

粉絲的關心與愛護，是我堅持努力的動力。

能夠回報這些支持最好的方式，就是繼續盡力地將自己最好的一面展現出來，帶給球員們最熱情的應援，也帶給大家歡樂與美好。得到那麼多的關心與愛護，我很開心，眞的，眞的非常開心。

只是有時候，當我抱了滿懷的食物、禮物和幸福，在鎂光燈下轉過身的瞬間，總會看見一個小女孩，躲在離我有點距離的暗處，孤單地蹲在地上，抱著自己的雙腿，用一雙淚汪汪的眼睛看著我，好像很羨慕我，好像，她從來不敢奢求能夠這樣被愛包圍著。

我認識那個小女孩，那個女孩長得和我很像，但她的名字不叫謝凱蒂。

小女孩成長在一個很鄉下的平凡家庭裡，雖然模樣還算漂亮可愛，但不知道爲什麼，身邊的大人總是有意無意地忽略她，特別疼愛大姊。小女孩從小就羨慕大姊，大姊的頭上彷彿總是帶著光環，讓身邊的二姊和她顯得像是身上總有一層抹不掉的灰，或是頭上籠罩著一層影子，淡淡的，卻揮之不去。

雖然只大她不到五歲，大姊卻擁有家裡幾乎所有的關心與疼愛，比如說，大人切蘋果時，從來不會把蘋果都切得差不多大小，而是切得大小不一，再把最大的一塊直接遞給大姊，有時候媽媽心疼二姊，會將第二大塊的拿給二姊吃，但她呢，她好像從來都只是等大家挑完之後，拿最後剩下的份而已。

小女孩的記憶裡，總是仰著頭，看著她想要的那塊最大的蘋果切片、那支最油亮飽滿的雞腿，或者那件剛買回來的蕾絲裙，從大人的手裡，遞到了大姊的手上。

從來，從來就不曾在半空中轉個彎，抵達小女孩的手上。

「好好喔，爲什麼都是大姊的……」

偶爾，小女孩會忍不住這樣喃喃自語。

大人有時候會假裝沒聽到，有時候聽到了，會碎唸她幾句：「不要那麼愛計較，妳又不是什麼都沒有，這件衣服過幾年就換妳穿了啊，我們又不是多有錢的人家，沒辦法給每個小孩都買新衣服啦，姊姊年紀大先穿，妳以後就穿得到了啦。」

小女孩努力表現，在家人面前做出誇張的動作和表情，力求表現地唱歌跳舞，大笑與大叫，一心想要逗大家開心，想要讓關注在大姊身上的眼光，能有一絲機會瞟見自己。偶爾她成功了，大人會被她逗得笑出來，但是很快地，那些臉龐會像是向日葵自然地轉向陽光一樣，再度轉回大姊那邊。

過不了幾年，小女孩終於明白，她真正想要的東西，是輪不到自己的。

我們家的三姐妹。

再怎麼誇張搞笑，停留在自己身上的視線和關注都不會超過十分鐘，她不懂，爲什麼自己連「平分」親情都只能分到最小的那一塊，爲什麼身邊所有的親戚，連她的名字都會忘記，會叫成大姊的名字。難道她的存在感就這麼低嗎？

爲什麼？

「爲什麼每次都是大姊拿最好的！你們偏心！偏心！」
當她學會了「偏心」這個詞，從此以後，這個詞就像是一根針似地插在自己的心上。原來別人的偏心，會讓自己的心這麼痛這麼痛啊，小女孩想著，拍拍自己的胸口，像是要安慰自己似的。

某次竟然連二姊也無法忍受地大喊出來。
「你們都偏心大姊！」
「妳說什麼？妳再說一遍試試看！」
「你偏心！你就是偏心！爲什麼你只偏心大姊，爲什麼！」

「啪！」

巴掌甩在二姊的臉上，說明了大人不喜歡小孩子說出「偏心」這兩個字，卻沒有辦法解釋大人偏心的理由。

看到這一幕，小女孩假裝冷靜地走進廁所，鎖上門，蹲在廁所的角落，緊緊抱著自己的雙腿，將臉埋在膝蓋裡，這才敢用力地哭出來，哭給自己聽。

小女孩心想「原來說出眞實的感受只有被打的份！」那麼將來面對不公平的事情也只能擱在心裡了。她甚至想起，曾經有那麼一次，自己被家人騎車載去山間小路丟掉！接下來，就如同電影情節般，小女孩哭著、追著摩托車大喊：「不要丟下我！」

這些種種經歷，都讓小女孩清楚的知道，除了自己以外，有誰在意她的眼淚呢？沒有了，再也沒有了。

她不是大姊，她是個連名字都不一定能被記得住的，不被疼愛的小孩，沒有人在意她，沒有人會愛她，不管她再怎麼努力，在大人面前再怎麼說笑話、跳舞、唱歌或耍寶，都沒有用，都沒有人會眞正在意她。

女孩抱緊自己，用力得像是再也不會有人那樣抱著她，眼淚與哭聲，都消失在她的膝蓋窩裡。

突然，廁所的門打開了。

我走進小女孩蹲著的那個暗處，打開廁所的門，讓光照進去。然後將我滿懷的鮮花與禮物放在小女孩的腳邊，她抬起頭，不知所措地看著我，臉上的淚痕讓人心疼。

「妹妹，相信我，以後會有很多人喜歡妳的，也會有人眞心愛妳關心妳，相信我好嗎？」

小時候一直很想留長頭髮，但總是被家人剪短 。家人甚至會在半夜趁我睡覺時偷剪我的頭髮，使得現在對於短髮有著莫名的恐懼。

我一邊說，一邊好想哭，但我不能哭，因為我必須要拯救這個小女孩，在好長好長的時間裡，她始終躲在我心裡最黑暗的那個角落，抱著自己哭。

不要怕，我們會長大，會找到自己的人生與天地，會遇見這個家以外的其他很多很多人，而那些人之中，總會有人看見妳的努力，妳的好。

會有人愛妳的，親愛的小女孩，但現在，先讓我好好抱抱妳。

因為妳是這一切的開始，是這本書最初的起點，也是我站在不同舞台上的原因。

從小我總想著：「或許，我可以在某個地方，讓別人看到，其實我很棒」。

那些打不倒你的，終將使你更強大

—— 浮誇少女的養成與崩塌

因爲家裡的經濟狀況一直不太好，記憶裡，深夜在睡夢中被房外爸媽爲了錢吵架的聲音擾醒的次數多得難以計算，因此，非常現實的經濟焦慮，以及我心中那個小女孩對被愛、被注視、被讚賞的渴望，成爲了我日後如影隨形的兩大課題。

這兩個無論對任何人都很艱難的課題，在我不同的成長階段，有著不同的「解決方案」。

在很小的時候，我曾爲此付出過很大的代價，然而我並不想苛責當時不斷做錯選擇的自己，因爲如果沒有那些愚蠢到該吊起來打屁股的時刻，不會有之後的眞實悔悟與修正。

舉個例子好了，我讀幼兒園的時候呢，家裡每天只給我五元零用錢，有時候是十元，這些零用錢我會省下來，不過並不是爲了要買什麼很好玩的玩具或者零食，而是爲了每個禮拜，買糖果給我在幼兒園裡認識的朋友們。

不過，與其說我每週買糖果請朋友吃，不如說，我每週用糖果買一次朋友們一整個禮拜的「好感度」。很難以置信吧！我居然渴望被愛渴望到，在這種年紀就在沒有人教我這招的情況下，無師自通了「收買人心」這種高階心機！

那個年紀的小孩嘛，很容易就被收買了，吃一次糖果，整個禮拜都會覺得我好可愛好好笑，做什麼事情都會找我一起，有人討厭我還會被他們罵回去，時時刻刻都不會落單，永遠有一群小夥伴簇擁著，這不是很划算嗎？

我當時覺得，自己用錢來滿足被愛的渴望的這種做法，實在太聰明了，在那些吃糖嘴甜的小朋友群中，我特別用力地搞笑與表演，每一次都能收穫許多笑聲與掌聲，補足了我心中空缺的那一塊。

只可惜，這個做法沒有辦法長久。

上小學、國中之後，交友圈擴大，家裡給的零用錢還是那麼少，我沒有辦法再用我買得起的東西來收買人心，不過我還是一個活潑的小孩，熱愛表演、把握每個表現機會，就連上體育課的時候，校長經過操場邊，我都會特地去跳整段當時流行的「紅豆、大紅豆，芋頭」給校長看，更別說什麼演講比賽、合唱團、樂隊等等，我一個都沒有放過。

現在回想起來，我簡直把小學當大學讀了，任何課外活動，舉凡需要上台表現的，全部都有我，不用上台表現時，我也會在下課時間使勁地展現我的搞笑天賦，用模仿或笑話逗樂同學們，我記得還有一次模仿阿扁總統，同學笑到正在喝的牛奶噴出來，噴得我的臉和衣服都是，但我一點都不在意，只覺得可以讓同學這麼開心眞的好棒。

另外，因爲長得還不錯，也一直有男同學送情書告白。回想那段時間，我確實是學校裡的風雲人物，那時的我，可說是完全

從小我就喜歡表演。也許是期待被人刮目相看的一天。

不知道什麼叫做害羞，我只知道，每一次大家對著我鼓掌，對我露出讚許的微笑或者捧腹大笑，就算是笑到噴牛奶在我身上，我都會感覺到心裡的空缺被填滿了。

我用自己的方式，對抗了心裡的暗影，但是我的浮誇也讓我大意了，因爲當另一個陰影飄到我的頭頂時，我完全沒有發現。

那個時候我就讀的國中，還有分前段班後段班的傳統，功課好的同學當然在A段班，功課差一點但是交得起暑期輔導費用的，就在B段班，但我們家連暑期輔導的費用都沒有辦法負擔，所以當然就在C段班了。

分班之後，我還是一樣喜歡搞笑，但卻因爲很小的事得罪了班上的大姊頭，我說的小事是眞的小到誇張的那種，就是他們打掃時間不肯打掃，我是衛生股長，被老師問到廁所爲什麼那麼髒的時候，只能老實說那是某某的打掃區域這樣的小事，但總之我就被盯上了。那個年紀的霸凌通常都是這樣，爲了很小的事情，但演變得非常誇張。

起初每一節下課總會有一大群人站在教室外，惡狠狠地瞪著我指著我，嘴巴碎念著「就是她⋯⋯就是她」。就算我去上廁所她們也會跟著我，在廁所外面等著我出來，繼續用怒氣衝衝的眼神瞪著我，謾罵著我，搞得我上廁所總是膽戰心驚。這樣的事情在不同的時間點不斷發生，比如說我中午和朋友一起在朋友的桌子邊吃午餐，那些人就過來罵三字經，很不客氣地問我在囂張什麼，然後自己很囂張地把我朋友的桌子翻掉，順便也翻掉我們的午餐盒——對，那甚至不是我的桌子，是我朋友的桌子。

漸漸地，我的朋友們雖然沒有明說什麼，但逐漸不敢離我太近，從前說喜歡我的那些男生，也不再會來和我打打鬧鬧，我心裡雖然很不是滋味，但其實也默默地接受了這些疏遠，免得太多人被我波及，自己也盡可能低調行事，當然，也就不像以前那樣浮誇搞笑了。

很快地，大姊頭那群人顯然覺得這樣還不夠讓我得到教訓，有一天，她們來找我下了戰帖，約我放學後在校外「釘孤枝」，我嚇得半死，當然沒有去，一放學就溜走了，那時我問了家裡的大人，大人都覺得是我平時表現欲太強才被討厭，要我以後不要太誇張，不要理他們就好了，我的大姊二姊也都遇過類似的事，但她們處理的方式都不適用在我身上，那時忍不住向其他朋友求助，大家知道那群人的風評，其實也沒有半個人敢幫我，不管是原本的死黨或是喜歡我的男生，沒有一個肯陪我去。就連訓導處的教官都曾經在某個場合對我說過：既然知道自己被盯上了，就不要做太惹人注目的事。

那時我想，走投無路大概就是這個意思吧。

放眼望去，能求助的對象都用不同的方式迴避了我的呼救，躲過了一次釘孤枝，接下來是每天我都要小心翼翼避開她們，無論上課下課放學，我總是心驚膽顫地深怕被堵到，每天回到家都像是撿回了一條命，但只要想到隔天我還是得去學校，就無法克制地哭起來，每個晚上，總是要哭濕了枕頭才能入睡，而最痛苦的總是隔天醒來的那一刻，發現這些日子以來的委屈和驚恐都不是夢，沒有人能求助的痛苦也都不是夢。

我只能逼自己離開昨晚哭濕後還沒乾的枕頭，去面對全新的、艱難的一天。

第二次她們來約我釘孤枝的時候，還特地放話威脅我，讓我不敢失約。那時怕被報復，只好硬著頭皮去了，那時他們選擇釘孤枝的地點眞的很經典，就是我們那裡的北極殿，遠遠地我就看到那個宮廟前面站了她們一排人，每一個表情看起來都是不好惹的樣子，我走近她們的時候，兩邊都愣住了，她們愣住是因爲我居然一個人去，一般這種場合都是會找人一起去的，而我呢，我愣住是因爲，我看見她們手上都拿著一塊磚頭。

磚頭耶。

「妳終於來了齁？我問妳，妳到底在囂……」
對方話還沒說完，我就唰地一聲跪了下來，膝蓋直直落地，我卻怕到一點痛感都感覺不到。與其說是我「決定」要跪下來，不如說是我看到她們手上的磚頭之後，大腦的反射神經直接讓我的膝蓋一軟，是我的求生本能讓我跪了下來。

「對不起啦眞的很歹勢，這一切都是我的錯，妳們大人有大量原諒我啦，對不起啦眞的很對不起，我知道錯了請不要打我……」

是的，我當時就是這麼孬，這麼沒用地，跪在她們面前，雙手合十舉到鼻尖前，不斷地鞠躬道歉。要我說當時究竟在道什麼歉，我也說不出個所以然來，而我究竟做錯了什麼，其實我也不是很清楚。

但眼前有一整排的磚頭，我想，誰都可以笑我孬，但沒有人可以指責我不應該這麼軟弱。她們大概很意外，想不到我會完全不顧顏面地直接下跪認錯。後來，那次一批人對上一個人的所謂「釘孤枝」就這麼草草結束了，從此之後，她們好像就對欺負我失去了興趣，不再把我當成眼中釘，而是小嘍囉。

霸凌者永遠不會知道自己對別人的人生造成的傷害有多深。現在回想被霸凌的那段過往，我還是餘悸猶存，甚至只要看到霸凌的新聞或是影片，都會讓我心酸難受，但也慶幸著當時並沒有遭受到肉體上的摧殘跟折磨，也算是不幸中的大幸了吧。

不過，很多被霸凌者即使肉體上沒有傷疤，持續烙印在心靈上的傷卻難以消失。最近看完涉及校園霸凌題材的韓劇《黑暗榮耀》

後，那段痛苦回憶瞬間又被勾起。當我有感而發的跟身邊親近友人聊著相關議題時，沒想到得到的回應卻是：「會被霸凌的人，往往是本身有問題才會被霸凌。」聽到這樣的回答令我震驚、心情久久無法釋懷……很難過錯的明明是霸凌者，爲什麼在有些人的認知裡卻總是習慣檢討被害者？

將那段陰影拿出來分享，竟然還得被鞭策檢討？這使我內心更加沮喪失落……

霸凌行爲對於被害者的傷害性是不容小覷的，它對一個人的自我價値與自我概念的發展影響深遠。很多霸凌問題常被親友忽略、被當成是一種成長中的小事或常態，甚至是不足掛齒的事情，殊不知那對被害者來說很可能成爲一輩子的傷痛、陰影，是成年後極度想要抹去的一段記憶。

我想，校園霸凌應該是永遠無法消失的問題。所以，眞心希望不管你是身爲家長或朋友，當你的孩子或認識的人正深陷霸凌的痛苦之中時，請一起面對問題、給予實際的幫助或安慰，千萬別再加以指責被害者。就算你無法成爲他們的光，也千萬別當壓垮他們的最後一根稻草。

而我在那次「釘孤枝」事件後，因爲下跪道歉終於換取了一點平靜，我當然並不喜歡當他們的小嘍囉，但當時孤立無援的我，只想要換回平靜的日子，以及每天不需要在恐懼中上學。所以，我從此不敢再浮誇搞笑，就是安安靜靜地過著日子，等著畢業那天來到。

而在畢業典禮之前，畢業旅行先來到了眼前。

你的人生，
不需要別人來完整
—— 被愛的智慧

我算是一個從很小的時候就感受到經濟壓力的孩子，不僅是付不出暑期輔導費所以必須待在C段班，在許多日常的用品上，都能看出我家與其他同學家境間的巨大落差。

某一方面這也是我浮誇的原因之一，誇張的肢體動作和說說笑笑，不僅可以讓大家不要留意到我使用的寒傖用品，也能假裝我自己並不在乎那些落差。

但我真的不在乎嗎？不，我在乎死了。我從小就知道，不在乎自己用的是不是好東西，那是家境中等以上的同學的權利，不是我的，其他同學們可能沒有留意到的，在我心裡都會被放大千百倍。而畢業旅行，則是一個極具象徵意義的分水嶺，分出來的，是「家裡有沒有錢讓你去畢旅」的這回事。

付不出暑期輔導費的我們家，當然也不可能輕易讓我去畢業旅行。平常就罷了，那一次我死活都要參加畢旅，我還記得我在我們家窄小的廚房裡，又哭又鬧地對我媽說，沒有錢去畢旅會被所有的人當作窮小孩，我不要當窮小孩！

長大之後回想起來，我都不敢想，那句話對我媽造成了多大的創傷，她會有多難過，我眞是太對不起她了。但那時的我，眞的太想太想去畢旅了，我好怕因爲貧窮被排擠，貧窮會讓我不被愛的恐懼變得更張牙舞爪。我媽最終挪用了那個月原本要交房貸的部分款項給我，讓我圓了畢旅這個夢。

只是那時無論我或我媽都沒想到，這趟畢旅其實是個惡夢。

在霸凌我的那群人不再欺負我，而是把我當作小嘍囉之後，她們在畢旅時也自動將我規劃成跟在她們身邊壯聲勢的人形道具之一。因此整趟畢旅，我都被迫跟在旁邊，看著他們在還有其他學校畢旅，也有其他遊客的遊樂園裡，罵髒話、插隊、吐痰，做盡了所有我絕對不願與之爲伍的低級行徑。

那讓我的畢旅絲毫沒有青春的回憶，只想要盡可能地在她們沒有發現的前提下，與她們保持距離。我以爲，盡可能做好自己就夠了，保持自己不願意與她們同流合汙的本心就夠了。

直到畢旅的第二天傍晚，有人來敲我們房間的門，跟我們說，吃完晚餐後記得去大姊頭房間集合，有好戲可以看。有好戲可以看？雖然並不知道是什麼好戲，但看起來這場好戲沒有自己的戲份，那應該就沒差吧。

晚餐後，我們這些人型道具，乖乖地依照指示去了大姊頭的房間，沒多久後，另外一位女同學也被帶進來了，她並不屬於那群人的其中之一，甚至因爲女同學的交往對象是大姊頭喜歡的男生，她們應該是水火不容的才對，怎麼會在這裡出現呢？
我還沒想清楚其中關聯，大姊頭就開嗆了，用的依然是當初在北極殿前嗆我的那句：

「妳在囂張什麼？跟那個某某交往妳很囂張嘛，囂張什麼啊？」

那個女同學滿臉驚慌。「沒有啊，我沒有囂……」

「還說沒有！」

啪地一聲，大姊頭一巴掌把那個女生打得倒退兩步，靠在了牆角邊，其他人圍了上去，你一言我一語，你一掌我一拳，就這麼連打帶罵地圍剿起那位女同學。她們打得太起勁了，完全沒有發現到我不在那個出手的小圈圈裡，我站在圈外，嚇得不斷流淚，那位女同學的臉頰立刻腫了起來，她不明白自己做錯什麼，還一直說「我沒有。」而那一句句的否認，讓下手的人打得更起勁了。

我不知道整件事花了多久才結束，當時的時間感已經完全被摧毀，在那個彷彿永遠逃不出去的房間裡，我深刻體悟到，當時在北極殿前，如果我不是二話不說下跪道歉，大概也會落得如此下場，當時她們還不是赤手空拳呢。

我沒有被打，卻在那個對著女同學出手的小圈圈外哭得非常厲害，一方面覺得挨打的女同學就像幾個月前的自己，一方面恨自己居然也只能像當時對我袖手旁觀的其他朋友一樣，我也不是個多有正義感、多麼爲人著想的人嘛……

許多念頭在心裡來回衝撞，恐懼、慶幸、不忍、悔恨、理解以及自厭，這樣的場面，對一個本來只是想要在朋友間搞笑、獲得許多友誼的女孩子而言，眞是太殘酷了。

而如果你想知道的話，很抱歉，直到如今我依然沒有辦法很堅強地說：如果時間倒流，我在北極殿前才不會下跪道歉，我在那個房間裡一定會見義勇爲。我說不出這樣的話。

這些經歷深深地影響了我，從前那個拚命想要展現自己的部分，已經縮小到剩下一點點，我帶著這些我並不覺得光彩但也沒有更好做法的記憶，跌跌撞撞地離開了國中。

剛上高中時，我就因爲當時許瑋甯拍攝的廣告大紅，而在新學校的新同學們之中備受矚目，這對本性活潑浮誇的我來說，原本是夢寐以求的事，但當時還沒有從國中遭霸凌的陰影裡走出來，發現自己被「矚目」，簡直怕得就像被「盯上」一樣，只求努力保持距離，加上我一進高中就開始拚命打工，很少參與同學下課後的活動，因此同學們起初都覺得我冷淡又高傲，一直到後來才慢慢改觀。

國中的陰影漸漸淡去之後，我心裡那個渴望被愛的小女孩，又開始不時用期盼的眼神望著我。

高中後，來自男生們的追求和示愛愈來愈多，看著當時一些流行的戲劇和小說裡，總有男主角爲了保護女主角，挺身而出與別人打鬥的橋段，我在心裡也依然記著國中被霸凌時，原本說喜歡我的男孩全都能站多遠有多遠的慘痛回憶，所以一直相信，如果有男生願意爲自己打架，那他說的喜歡才是眞正的喜歡。

我和我心裡面的小女孩，一直在等著，那個「眞正的喜歡」能被證實的片刻。

直到有一天，我和當時喜歡我的一個同年級男生在走廊上，經過高年級教室時，我隨口說了一句：「這一班的某某學長也在追我耶，我覺得好煩喔。」身邊那個男生居然就像那些戲劇橋段裡演的那樣，衝進高年級教室裡，找到那個學長，不由分說地就先揍他一拳，接著兩個人就在我眼前扭打起來。

那一刻，我的心跳得好快——不，一點都不是我想像中的那種怦然心動，我完全沒有感受到任何被愛我的人保護著的甜蜜，沒有自以爲的浪漫與安全感，眼前那個衝上去打學長的男生看起來完全就是個搞不清楚狀況的笨蛋而不是英勇的騎士……

天啊我在做什麼？我做了什麼？我怎麼會以爲被愛就應該是有男生願意爲了自己打架？我嚇哭了，對自己隨口說的一句話，以及原有的期待無比後悔。

那次事件，打人的男同學完全沒有對老師教官提到我說的話，他爲我打架、保護了我，但爲我帶來的並不是被愛的浪漫與幸福感，而是教會我和我心中的小女孩，不能因爲渴望被愛就想要用這種方式證明，這種方式無法證明任何事，只證明了「愛並不是爲我打架」。

愛可能有很多種模樣，但不會是這樣。

至今我仍然對那位男同學與莫名挨揍的學長感到非常抱歉，不應該有任何人爲了讓我學會這一課而受傷，但我確實在極度的後悔與歉意之中，弄清楚了我渴望的愛並非如此，也弄清楚了，即使是被愛，也應該要有被愛的智慧。

生活有點難，但你要很可愛——窮小孩的讀書之道

「喂，我們要玩牌，缺一咖，你來不來？」

「蛤？剛剛不是鐘響了嗎？上課了吧？」

「北七喔？這節理化課耶。」

「喔！早講嘛，好啊好啊我也要玩……」

國中的時候，因爲家裡付不出讓我暑期輔導的費用，所以我既沒有被編進成績好的A段班，也不在成績不好的B段班，而是在沒有暑期輔導的C段班。

回想起來，在C段班的生活其實是一個很有趣的經歷，只是當時我實在沒有辦法好好感受那個「有趣」。

因爲我知道，這個班上大部分的人都是不想要上暑期輔導，只有我是因爲家境不允許上暑期輔導，才會到這個彷彿被放逐似的班級來的，但是，如果我眞的任由自己被放逐，而沒有辦法考上公立學校，那麼我也會同樣因爲家境的理由而無法升學。

那樣一來，在這個時代還只有國中學歷的我，就眞的是被放逐了。所以我很認眞，認眞到大部分的人會覺得C段班的學生這麼用功是哪門子笑話的程度。

課堂上大部分的同學都在打混，有的談戀愛，有的聊天，有的甚至在教室後面就拿紙團打起棒球，什麼奇妙的課堂活動都看得到。我甚至深深記得，當時有一位年紀很大的理化老師，因爲他個性溫和，所以每次理化課，班上同學都絲毫不留給他面子，我記得有幾次，班上男生甚至在教室後面跳起了官將首。

而我，我不是想要裝認眞，我是已經體會到，我們家的情況完全不容許我讀私立學校，即使是很好很有名的私立學校也不行，所以我每一堂課都非常專心，甚至挑選了老師講桌前面的座位，只爲了稍稍遠離一點同學們的笑鬧聲，讓我能聽課聽得更淸楚些。

就拿那位好脾氣的理化老師來說吧，在他的課堂上，我可以感覺到，整個教室裡，就只有我保持專注地聽他上課，而他的眼神也只看著我，只講課給我聽，那情景現在想起來還是很荒謬，好像我們不用明說就知道，這整個教室裡想上課的人只有我，他能夠教課的對象也只有我，而在我們之外的整個教室都在狂歡。就這樣，我考上了高雄市區裡排名還不錯的公立高職。

然而，我沒有想到，即使已經努力考上公立學校，我們家的經濟狀況還是需要我去辦理就學貸款。

現在想起來實在太幼稚了，但當我爸媽帶著我到銀行去辦理就學貸款時，我眞的非常不甘願，別人都是念了大學才辦學貸，爲什麼我高中就得背這個債務？國中畢旅前的心情又再度占滿了我整個腦袋：「我不要當窮小孩！爲什麼我不能跟別人一樣就好，我爲什麼非得要當窮小孩！我已經那麼努力從C段班考上好學校了，爲什麼還是得要就學貸款！」

在銀行裡，不懂事的我滿心不甘願地一邊辦理學貸，一邊跟爸媽頂嘴吵架，當時眼裡只有自己的委屈，卻不懂爸媽的辛苦與無奈，甚至讓櫃檯後方的承辦叔叔開口責備我，他說，我要是再這樣子，銀行可不一定要借錢給我。

銀行如果不借錢給我，我就不能讀高中了。我想起自己在整個教室裡一片荒唐鬧劇的情景下努力讀書考上的學校，竟然還得因爲沒錢而不能入學，就覺得非常委屈：憑什麼那些人這樣玩到畢業，家裡還是有錢讓他們去讀任何一間願意收的私立學校，但我就不能讀我辛辛苦苦靠自己努力考上的高中？

我閉嘴了，一邊哭，一邊塡完承辦人員要我塡寫的所有表格。因爲就學貸款的關係，開學後，我和同學的註冊流程有明顯的不同，結果大家都知道我辦了學貸，當時心態還很幼稚，眞的覺得這樣太丟臉了，我決心之後再也不要辦就學貸款。因此，上了高中，對我來說最重要的不是讀書，是打工。

那種年紀究竟能找什麼打工呢？小時候大姊帶著我和二姊去工廠幫忙包電線，還有爲罐頭塔專用的果凍包上收縮膜，後來發現那樣賺錢太慢了，我就自己跑去中餐廳應徵當外場，每天一下課就跑去上班，回到家都很晚了，雖然做餐廳不僅累得半死，有時候還會被資深的前輩欺負，但至少賺的錢比包電線或包果凍多一點吧？

可是，即使如此，我下一年還是得繼續貸款才能讀書，因爲我每天辛辛苦苦賺的錢，光是晚餐和來回高雄市區和家裡的油錢，就已經幾乎用光了。

高三，在一個朋友介紹下，我成爲了酒促小姐。

就像大家所知道的，我們必須穿得很清涼，在各式提供酒類的餐廳面帶笑容地爲酒客服務，經常也需要幫忙店家端菜送茶，充當外場，才能和店家打好關係。有的場合難免地板黏滑，我們趕著要爲各桌客人送酒倒酒時，經常不小心摔倒，那些喝了酒的客人還會在旁邊哈哈大笑嘲諷我，更別說那些難免會遇上的鹹豬手。

但我向來覺得，與其抱怨那些，不如把時間用來快速適應這些事情，像我這樣需要用錢的人，時薪最高的工作就是好工作，我是沒有挑工作的本錢的。很快地我就學會了如何在餐廳與熱炒店間，用最圓滑的方式躲過騷擾，並且繼續賺錢。甚至我還多接了煙促的工作，努力用打工塡滿所有我不需要在學校上課的時間。

我的忙碌讓我與同學們難以拉近距離，有時候，同學在我通勤的區間車或路上看到我，可能正在趕去打工的途中，他們不僅不會來跟我打招呼，還會遠遠地批評我，說我的妝那麼濃好可怕，猜測我穿成這樣到底是要去哪裡……那些像是刻意要讓我聽見的閒言碎語，我只能裝作沒有聽見。

說眞的，我也不是眞的不在乎，只是生活的壓力到了一定的地步，那些流言的順序就只能被排到遠遠的後面去了。要怎麼想，就讓他們去想、去猜吧，我這份工打完了還有下一份，實在沒有餘力停下腳步去關心他們的猜測。

直到有一回，我在學校附近的熱炒店裡工作時，看見了一群人走進包廂，領頭的那個人，就這麼巧，是我們學校的校長，而他帶領的那一群人，我也認出了幾個是我們校內的老師。照理說，有這樣一大群包廂客人，正是我賣力促銷最好的時機，但我卻愣住了，我知道校長不認識我，但其他老師呢？他們其中會不會剛好有人認得我？如果，如果被認出來了，我會丟了學籍，還是丟了工作呢⋯⋯

我驚慌地提著兩籃酒，呆呆地站在他們桌邊，一句話也說不出來。那情景，任誰看到都會覺得很奇怪吧，說不定反倒會因此注意到我白天的另一個身份也不一定⋯⋯我正慌了手腳，不知道該怎麼辦的時候，席間有一位女老師留意到我，她將我手上的酒都拿下來，放在他們聚餐的桌上，然後拉著我走出包廂，輕聲對我說：「這些酒我都先買下來，妳不用進來沒有關係，先去招呼別桌吧。」我還愣著，她將酒錢全算給我，然後輕輕地拍了拍我的肩膀。「辛苦妳了，眞的。」

她才剛轉頭回到包廂，我的眼淚就瀑布般瘋狂傾落。一直到今天，我向人說起這段往事，還是會忍不住哭起來。我不知道那位女老師是誰，教的是哪一個科系，甚至不確定她是不是知道我是他們學校的學生——我想是知道的吧，而我多麼感激她的體諒，單單是沒有爲了這工作教訓我，我就已經覺得不可思議。

擦乾眼淚，我還是得工作。那個晚上，我都在校長老師他們所處的包廂外忙著，包廂裡的酒喝光了，那位女老師就會主動走出來，跟我再買一些，自己帶回包廂裡。

後來我常常想，當時這樣一個穿得清涼，畫著濃妝，手上拿著啤酒到處招呼客人的酒促小姐，即使有人覺得我靠賣弄身體陪笑賺錢而瞧不起我，大部分的人也不會覺得我很委屈，而是要我潔身自愛、愼選工作吧？但那位女老師沒有，不僅如此，她還爲我化解了許多可能讓我尷尬甚至危及學校與工作的可能性。

靠著省吃儉用和拚命打工，我在高中畢業前，就把我的就學貸款還完了。當然付出了很多代價，可能有許多人都誤解了我，但，對當時的我來說，沒有什麼事情比還完就學貸款更重要。

高中畢業後，我考上了屏東一所公立技術學院的夜間部。從我位於北高雄的家到屏東是一段不算短的路程，每天騎機車來回的油資也不是一筆小數目，爲了省錢，我和另一位也住在高雄的同學講好一起騎車上學，輪流載對方並且分攤油錢。

在 2016 年的廣告工作中，剛好需要這身酒促小姐的裝扮，讓我想起蠻多過往打工的回憶。

就這樣載了幾次之後，有一次，同學問我要不要提早一點去她家接她，還可以在她家裡吃個晚飯再去學校。我得很老實地說，聽見這個邀約時，我簡直開心到要飛上天，有免費的晚餐可以吃？那根本沒有什麼好考慮的，當然好啊！

因為媽媽的宗教習慣，我們家裡向來是吃素的，但媽媽並不會限制我們在外面吃什麼東西，只是我通常也沒有多餘的錢去吃什麼大餐。所以，可以想像的是，我在同學家裡吃到了香腸、滷肉、煎魚，那是多麼令人激動的事啊！餐桌上，我發自內心地一再誇獎同學媽媽的廚藝，那並不是阿諛奉承，每一句都是發自內心深處的吶喊：「好好吃！眞的好好吃！阿姨你怎麼那麼會煮！我沒有吃過那麼好吃的東西！不好意思我可以再添一碗嗎？眞的太好吃了！」

當然，同學的媽媽沒有聽過那麼浮誇的讚美，很開心地說，喜歡吃的話，以後有時間可以多來家裡吃飯呀。

同學的媽媽可能沒有想到，她一句無心的客氣話，讓我接下來的每天——是的，每天，只要晚上有課，要和同學一起騎車上學的時候，我都會去她家吃飯。

連吃了一兩個禮拜之後，同學終於委婉也爲難地跟我說，她媽媽希望我不要再這樣每天去吃晚飯了。她解釋，他們也只是一般人家，有時候也是經常吃昨天的剩菜，但是如果每天都有客人來，媽媽也不好意思端剩菜出來，只好每天做新的菜色，時間稍微拉長一點，也是有點負擔。

我那時才知道我給人家帶來了什麼困擾，趕緊連聲道歉，從此就只是單純地和同學一起騎車上學。

說到那幾年爲了吃頓飯幹過的事，這可能也不是唯一一樁。我記得高中時爲了省錢，在班上到處找可以和我一起在午餐時間合吃一個便當的同學，最後有一位氣質比較陰柔的男同學答應了，我超級開心、超級感謝他，我知道他並不是對我有意思才這麼做，純粹只是不忍心看我餓肚子。而且他每次午餐都會讓我先吃，他再吃剩下的，就這麼一直維持到畢業，眞的是個非常善良的人，我至今都很感謝他。

另外，高中時還曾經有其他科系的學長，爲了追我，每天給我送來超級豪華精緻的午餐組合，不管是什麼義大利麵、什麼佐什麼的厚切豬排三明治，或者那種很貴的果汁或巧克力，全都讓人難以抗拒！

我心裡雖然知道他喜歡我，但貞節牌坊眞的不比每天一頓美味的午餐來得重要，就這麼吃了人家的愛心午餐一整個月，後來，對方可能也因此覺得有機會，就提出約會的邀請，眞到了這種完全迴避不了的時候，我也只能很抱歉地婉拒他的邀請，當然，同時也只能含淚揮別我難得能吃到的豪華午餐組合了。

之後離開了高中，大學時期也是拼命在打工賺錢，在屏東讀夜間部大學的期間，我週間白天在一家當時很知名的連鎖咖啡館工作，週末則開始接觸外拍，成為外拍模特兒，一樣是把時間填得滿滿的，不是上課就是賺錢。

在咖啡廳裡，我都靠著麵包部門裡不小心做壞、不能拿出去賣給客人的麵包果腹，有時候麵包師傅們手藝太好，我還會埋怨他們沒有給我吃瑕疵品的機會，這時，比較疼我的師傅，就會當著我的面把麵團揉得醜醜的，跟我說：「好啦，這一個待會烤好就給妳吃囉！」

回想起來，求學期間的我，雖然因為經濟困難而左支右絀，但總是有善良的人，或近或遠地給我他們能提供的協助，也許有時候，因為實在沒有太多選擇而造成別人的困擾或誤會，但我想我也盡力在追求這之間的平衡了。

2008 年開始接觸網拍工作。

把時間填得滿滿的求學階段，我的生活不是在上課，就是在賺錢。

如影隨形的貧窮，卻反而成爲一個推著我、支撐我，不讓我放棄學業的力量。至少，就是因爲對貧窮的恐懼，讓我國中在C段班努力讀書考上好學校，而大學即使是讀夜間部，我也很努力地在各種打工之間找到機會就讀書，我知道自己不能容許任何學科被當掉，如果當掉要重修，都是要花錢的，而我禁不起任何計畫之外的花費。

大學時，除了咖啡館的正職，後來我也做過專門服務中國遊客，早上七點就要開門迎賓的Shopping店銷售員，也當過網拍助理，不過，說起來，還是週末的外拍模特兒這份工作，能得到最優渥的待遇，只是那份收入太不穩定，因此還是需要其他週間白天的正職，來維持穩定的收入。

就在我時間排得超滿、又必須兼顧課業以免被當掉重修的時候，或許是身心都受到了巨大壓力的關係，我出現了厭食的症狀。吃得少這回事，對我並不是問題，搞不好還能省點吃飯的錢。

問題是，需要外拍模特兒的那些廠商，對於我瘦到穿泳裝肋骨突出的模樣非常不滿，原本就不是巨乳類型了，接近 170 公分的我，還瞬間瘦到不到 43 公斤，對於要求外貌的外拍模特兒這一行來說，確實是有點誇張。

當我第一次聽到經紀公司轉達廠商意見，認爲我過瘦而不願意再找我擔任模特兒的時候，那眞是晴天霹靂，我一點都不爲了身材或容貌焦慮，讓我煩惱的是，模特兒這份工作可是我重要財源，絕對不能失去，爲此，我甚至詢問了同行朋友，問到了一個專門豐胸的密醫，千里迢迢搭車到北部去拿很貴的藥回家吃，後來的各種不適就不提了，最重要的是，他開的藥雖然讓我的胸部尺寸稍微回彈了一些，但我整個人也跟著胖了起來，又得想辦法減肥，超級不划算的。

耶誕活動那時因為太瘦之後還被廠商拒絕合作。

那次的經驗，讓我深深感受到，自己的身體還是健康最重要，這可不是抄來的雞湯句子，而是我眞眞實實用自己的經歷去體悟到的。即使現在的工作還是會有很多人覺得我胸部太小，不像其他女孩那樣，在球場上跳舞時彈力十足，讓人看得賞心悅目，但我也不再會像當時那樣，想著該怎麼想辦法讓胸部變大了。我也很感謝當時的自己，雖然很辛苦，但還是撐過來了。我記得有一次，在和同學一起從高雄騎車到屏東上課的路上，那次輪到同學騎車，載著剛下班累得在後座睡著的我，在機車後座睡著眞的是很危險的事，但我眞的太累了，而那一次不巧在路上碰到了突發狀況，同學緊急煞車，我就整個人飛了出去，摔到路邊別人做生意的店面門口，當時路人都很好心地跑過來看我有沒有發生什麼事。

那一撞，飛出去的我，撞到地面的瞬間當然是醒過來了。雖然身體很痛，但是我知道應該沒有什麼大礙，我應該可以站起來，坐回機車後座，繼續去學校，喔對了，那天還要考統計，我書還沒念完，但是不去考試的話會被當掉——我想著沒去考試的後果可能很嚴重，眼皮卻一點也沒辦法撐起來。

好累，眞的好累，我實在太累太累了，所以我連眼睛都沒有睜開，就這麼繼續躺在地上，繼續閉著眼睛休息。當我躺在地上，聽到有人圍過來問我妹妹妳還好嗎，那個時候，我眞的好想休息，我眞的不想考統計。那是我唯一的念頭：我好想休息。

我好想休息，那些排得滿滿的打工，深怕被當掉的找空檔讀書，眞的讓我累壞了，我好想休息，我好想休息，我好想休息。我其實一直不知道，別人家的孩子是怎麼讀書的，讀書的時候我太忙著賺錢了，幾乎沒有時間停下來看看別人都怎麼過日子，但我知道，像我這樣的窮小孩，就是這麼讀書的，拚了命地在夾縫中讀書，一直到從機車後座摔出去，才終於有正當理由不去考試。有時候想想，眞的也很心疼當時的自己，但我也眞的很喜歡，那個爲了生活而努力，而沒有渾渾噩噩過日子的自己。

2009 年睡衣網拍。　2009 年婚紗工作照。

第一次上台北接展，
懵懂無知到肩帶沒處理好。

2008 年初期接活動時，妝髮不
是很純熟，連透明肩帶都很落漆。

最喜歡在工作中嘗試各種角色裝扮，從中能獲得很多樂趣和驚喜。

整理過往的照片時，意外發現過去在工作中嘗試了非常多不同的造型。

不紅，是一份禮物——沒人認識的菜鳥甜心

還是小小菜鳥的某一年球季，發生了一件，這輩子我都不會忘記的事。

那天，我剛抵達桃園球場，正打算進球團辦公室集合，準備換裝上場，恰好在一道電梯門即將關上前閃進電梯。

「是妳啊？凱蒂，不好意思，我剛以爲沒人要進來。」
電梯裡有另外兩個人，其中一個是熟識的應援團團長。
「沒關係啦，有趕上就好。」
「今天還是一樣很漂亮耶……欸，對了，剛好他在這裡，跟妳介紹一下，這位是妳的粉絲喔，他很喜歡妳！」

應援團團長說著，做了個手勢，介紹了旁邊那位一直很安靜，棒球帽壓得低低的年輕男生。

天啊，有粉絲嗎？那時候其實沒有幾個人認識我，更別說「粉絲」

這種存在了，我光是聽到這兩個字，就快樂得要飛上天，立刻非常激動地跟那個棒球帽男生攀談。

「謝謝你喜歡我！團長應該不是說客套話吧？哈哈哈。」
「眞的啦，我都有追蹤妳。」

好含蓄的男生喔，連講這種話都好低調！爲了答謝他的喜愛，我非常熱情地追問他是不是我們球團的？是練習生嗎？棒球帽男生思考了一下，支支吾吾地說：「嗯，算是啦。」

「練習生很棒啊，要好好加油喔！我也是大學就開始當啦啦隊的練習生，一開始都很辛苦啦，但是努力都會有回報的！我相信你以後一定也可以成爲一個很好的球員，甚至當上先發喔！沒問題的，加油加油加油！」我拿出啦啦隊的應援實力，充滿甜美熱情地努力爲眼前這個害羞的男生打氣。

「喔，好……謝謝妳……我、我的樓層到了，我先走一步，再見……」可能是我太熱情了，那個男生顯得更害羞了，匆匆忙忙地就離開了電梯。

「再見～～很高興認識你喔！期待有一天在球場上見到你！」電梯門完全關上之前，我還在電梯裡非常興奮地蹦蹦跳跳向他揮手道別。

「……凱蒂，妳不認識他嗎？」

「不認識啊。剛剛才見到面不是嗎？啊對了，我應該要問一下他的名字……」

「不用，妳問我就好。」應援團團長的語氣非常僵硬。「他叫詹智堯。」

「喔，智堯啊……嗯？這個名字好像有點耳熟……」

「他是，詹帥，也就是，我們的，先發……」

「喔先發啊……什麼？先發？那我剛剛還……你爲什麼沒有提醒我！」

「我根本沒機會提醒妳啊，妳一聽到他是你的粉絲，就自己超開心地一直講下去了！天啊，妳怎麼會不認識他！」

「我，我平常都是背對球場，面對觀眾啊，我根本沒有看過他本人幾次啊……」

這個丟臉丟到球場上的悲慘故事，是發生在我爲桃猿隊效力的時期，一直到今天，想起來的時候我還是很想去撞牆。希望詹帥現在已經原諒我當初有眼不識泰山了！

說起來，爲了生活，我做過的工作也算不少，但這一份從大學時期開始至今的啦啦隊工作，應該是所有的工作之中，我最熱愛的。

對我來說，一份工作最重要的是提供我支撐生活的收入，如果能在這個基礎上，還能讓我快樂地表演，滿足我從小被注視與被喜愛的渴望，那就幾乎是完美了。

大家可能會覺得，球團啦啦隊這樣的身分，應該是兩個條件都能達到。不可否認地，成功的情況下的確是這樣，但同時，也不完全是這樣，啦啦隊女孩並不是輕易就能名利雙收的。

我在屏東就讀大學夜間部的後期，就加入球團成爲練習生了。在繁重的課業壓力下，我平時要上課，要讀書，還必須將打工時間騰出部分去團練，每個週末搭車到桃園去，跟著球團到不同的球場比賽，球賽經常結束得很晚，而無論多晚，我都得搭客運趕回南部。

回到家，除了倒頭就睡以外，我常常什麼事都沒辦法做，連吃點宵夜的體力都沒有。隔天起床又要趕著去球場，才發現前一天的球衣還沒洗，只能趁出門前趕快洗一洗，在搭車時掛在公車吊環上晾乾。

當然，有時遇到連續幾天的賽事，經紀人也會安排啦啦隊女孩們住宿，但爲了省錢，經常是一些老舊賓館或汽旅，在那些地方，讓人心驚膽戰的事，我也遇過不少，有時候實在太害怕，還會和其他女孩們商量，一起湊錢去外面住好一點的旅館——說眞的，能讓拚命賺錢的我願意自掏腰包去住其他旅館，不難想像那樣的住宿環境究竟糟到什麼地步。在球場上看來朝氣蓬勃的同時，我們也有不得不向現實低頭的陰霾。

除此之外，有時候運氣不好，遇上雨天，球員們要連續打好幾個小時的雙重賽，我們就得跟著從中午十二點到晚上九點全程保持活力十足、笑容滿點的唱唱跳跳，那眞是非常折磨人。

我記得，有幾回不僅遇上這樣的情況，還剛好碰上生理期——天啊，那個一邊經痛一邊露出甜美笑容跳應援舞的經驗，眞的是太難忘了，卽使狂吞止痛藥，整個人還是痛到必須用腮紅與口紅蓋掉慘白的臉色，冷汗沿著笑容滑落時，我覺得自己的身體好像被切割成裡外兩個部分，裡面是刀山油鍋的地獄，而外面必須維持著陽光燦爛的天堂。

可是，我也很清楚地知道，每一份工作都會有不一樣的快樂與痛苦，只要是我能承受的範圍內，爲了喜愛的工作，我都願意盡可能地在自己的崗位上努力。

我非常熱愛在球場的強烈燈光下，對著激昂狂熱的球迷們，用應援舞和他們站在同一陣線的感覺，雖然我自己可能不是很懂棒球，但我好愛那種萬衆一心、渴望勝利的熱烈氣氛。

有時候，那樣與大家站在一起的熱情，甚至可以讓我無視一些輕微的身體不適，在深夜獨自搭著客運回到高雄時的漫長車程裡陪伴我，我會在那些高速公路上搖搖晃晃的時光裡，將那一天見到的所有因爲激動而發亮的臉龐，從腦海中調出資料來，好好地複習，覺得這樣的工作，眞是太值得了。

當然啦，有時還是會累到睡了一整路，或者暈車暈得七葷八素，哈。我知道很多人都會覺得，這樣的工作可以輕鬆地名利雙收，就算沒有熱情也可以做得很開心——嗯，我也很希望眞的是這樣啦，不過，就我當時的情況來說，實在一點都和「名利雙收」扯不上關係。

那時候，其實認識我的人很少，第一次辦 La New Girls 簽名會時，現場只有不到二十人，就算把我們和工作人員都算進去，也是非常慘澹的場面，那時我爲了讓簽名會能維持得久一點，還找盡藉口要把那些願意參加簽名會的粉絲留下來，又拍照又握手又聊天的，粉絲想走我還不讓他們離開，深怕期待已久的簽名會一下子就結束了。現在想想，眞是太感謝那些願意來捧場的朋友了！

La New Girls 時期。

La New Girls 首場簽名會。

後來，由於經濟上的因素，我實在無法再繼續這份工作，幸好，改制成 Lamingo 之後，在總監的邀請下，我又再度回到球場上，和我最喜歡的熱情球迷站在一起。但是，即使二度回到球場，我依然只是一個不起眼的小角色，不僅沒什麼人認識我，而且偶爾還會在表演時出糗。

我記得，2012 年時打進了冠軍賽，我們被指定跳開場舞，那是多麼重要的場合啊！我決心好好表現，全身的表演魂都燃燒起來，跳得超級賣力，結果呢，大概是太賣力了，鞋子就這麼從我腳尖飛了出去，雖然飛得不遠，離我只有一點點距離，但是我們還在跳舞，爲了維持團隊整齊劃一的視覺效果，我始終找不到機會穿回去！

最慘的是，其中有一段，我們的舞步還會慢慢跳到另外一區，而我的鞋子就這麼孤零零地留在原來的地方，後來聽說導演發現了那只鞋子，還特別給它一個 Take ！我人生首次在大螢幕上最風光的特寫機會，居然就落在那只鞋子上，現在想起來，我都還是覺得好好笑。後來發現其實那時候那雙鞋也不是我的，是團員送我的鞋，因爲當時沒錢買鞋，一直穿著髒髒舊舊的球鞋，團員就好心送給我她穿不太到的球鞋，沒想到尺寸沒有很合腳的狀態下就這麼出糗了。

那時我才發現，我眞的好喜歡表演。就算只是鞋子而不是我本人被特寫，我也還是好喜歡好喜歡，好喜歡表演。

然而，現實生活依然是殘酷的。那只鞋子上了大螢幕之後的隔年，我再度離開了球場。

人生首次在大螢幕上最風光的特寫機會，居然就落在這只鞋子上。

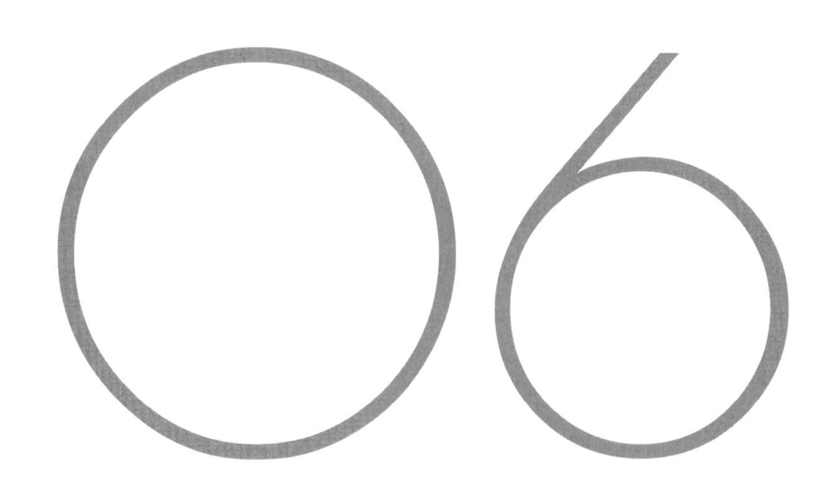

每個選擇都有意義！就算試錯，也不會是錯

—— 戲說凱蒂

凱蒂
阿櫻
張維錫
飾
MOMO

古色古香的建築裡，穿著古裝的我痛苦地吶喊著。

「爲啥物？爲啥物你欲按呢對待我？」
「誠失禮，這你袂當怪我，我只是收錢辦事……欲怪，你就怪你們母仔囝投不對胎！」
「啊，天公伯啊，請您保祐我的印仔……」
「卡！卡！」

導演揮著導演筒，從螢幕後面走出來，走到我面前，氣噗噗地盯著我。
「凱蒂，妳到底在說什麼？妳會不會講台語啊？」
「我，我會啊……我從小就在高雄長大的，大家都講台語啊……」
「那爲什麼妳連『嬰仔』都不會講？這不是很簡單嗎？」
「我會啊！」我趕緊說。「印仔，印仔，你看我會講啊！」
「妳說的是『印仔』（印章的台語），小孩的台語是『嬰仔』！」
「啊？不是一樣嗎？你剛剛講的跟我講的有哪裡不一樣？」
「天啊，到底誰找她來演戲的？是想活活把我氣死嗎！那個表情有夠僵硬！走位也亂走，大家是還要不要做事啊？」

「對不起啦導演，我會講，我眞的會講印仔，你看，印仔，印仔。我講得很標準啊！」

沒錯！離開啦啦隊之後，我順著難得的機緣，去拍了《戲說台灣》。我得承認，我想拍的其實是偶像劇啦，不過，因爲我並非專業演員科班出身，所以當時大家都勸我要從類戲劇開始磨練演技、累積觀衆，我也覺得很有道理。

私下聽得懂台語也會講台語的我，在戲中挑戰全台語模式，壓力還是非常大。

沒想到，和《戲說台灣》製作單位的第一次合作，他們便要我直接演女主角。我其實非常惶恐，覺得好像該從比較次要的角色開始嘗試，但製作單位很喜歡我略帶混血感的外型，覺得這樣的新人加入，可以讓《戲說台灣》有不同的突破與嶄新面貌。

呃，突破的話，是有啦……嶄新面貌，也可以這麼說……但，我得承認，從小就走浮誇路線的我，實在不是演技派的，就連從小講慣的台語，在眞正的台語戲劇中，也顯得非常三腳貓。

身爲一個第一次演戲就演女主角的大外行，引起劇組演員與工作人員的側目，也是可以理解的事。我得承認，在演技和台語都不及格的情況下，前輩們已經非常忍讓、照顧我了，一場戲重來好幾十次，除了我自己很痛苦，導演很崩潰以外，也讓大家的時間都跟著被拖延，怎麼想都覺得超級不好意思。當然，在首次的「女主角先發」經驗之後，我的角色也合理地成爲了其他配角。

拍戲人生的小確幸是劇組演員們都好相處，前輩們都會給我指導建議，讓我緊張感減少很多！收工一起頂著戲服聚餐也是一大回憶。

在我拍戲最痛苦的時期，我的大學好同學棠棠都會特地來探班陪伴我。
我一直很感謝她，感謝棠棠從大學時期就特別照顧我，當時我常因為打工的關係，
上課累到不省人事，但因為有棠棠在，每次老師點名，她都會 Cover 我。
即便畢業後，不管我在拍戲或是進行球賽活動，她都會特地抽空來探班。
這份情誼對我來說非常寶貴，我相當珍惜。

由於戲劇類型的關係，《戲說台灣》拍攝的地點經常在偏遠的鄉間，或是某些民俗藝術村這樣的地方，一拍就是一兩個月的時間，加上白天晚上都可能有通告場次，自然也得住在當地，隨時配合。

因爲要長時間住在偏僻的地方，沒有自己通告的時候，其實滿無聊的，除此之外，影響我最大的其實經濟。因爲這樣一來，就不太可能有讓我在外打工或接其他外拍場次的時間，我的所有收入來源，都得依靠《戲說台灣》。

不過，爲了期待將來有機會躍上偶像劇的舞台，我也覺得這樣的磨練與累積，對我來說是必要的！我記得，有一場戲是扮演無辜善良大老婆的我，要被飾演惡毒小老婆的前輩用掃把暴打，前輩當然不想眞的打我，於是利用了借位的技巧裝打，只是我太不爭氣了，掃把沒眞落到我身上，我就哭得非常假，閃躲的方向也和借位的方向完全不同，破綻實在太大了，試了好幾次之後，導演索性要前輩眞的打下去。在拍戲之前，我也聽過很多演戲時爲求逼眞，眞的動手的事情，但是我眞的、眞的沒有想到，居然可以「這麼逼眞」！當掃把落在我身上時，我眞的打從心底爆哭出來，鏡頭前的痛哭流涕、連連求饒全部都是出自內心，那是我第一次在鏡頭前哭到眼淚鼻涕都出來。導演喊卡之後，前輩趕緊扔開掃把，蹲下來關心我還好嗎，也連連抱歉，但我雖然知道她也只是爲了敬業而打，那時還是哭到連說「沒關係」都說不清楚，眞的眞的好痛啊！

「凱蒂辛苦了，我們再來一次。」

「再再再再來一次？爲什麼！我我我剛剛剛哭得還不夠好嗎嗎嗎……」我邊哭邊問，嚇得語無倫次。

「不是，我們要有不同角度的鏡位啊。」

導演示意攝影師換個位置。

「好喔，化妝師先幫凱蒂補個妝，我們趕快完成這一場！」

這一次，掃把都還沒落下來，我的眼眶就已經紅了。

我相信，那段戲肯定讓觀衆都打從心裡感受到痛吧，我得鄭重澄清：那可不是演技！

另外一次，就更刺激了。

那是一場要被人扔進土坑裡活埋的情節，爲求恐怖氣氛到位，當然也在半夜拍攝。雖然是劇情需要，但我眞的好害怕，身上偸偸帶了平安符，嘴裡不斷喃喃自語祈求各方神佛保佑，還是嚇得兩腿瘋狂發抖。

黑漆漆的荒郊野外，雖然有好幾盞劇組的大燈照明，但爲了營造氣氛，都是陰森恐怖的冷色光線，照了比不照還恐怖，更別說在燈光範圍之外，還有一大片看不清楚的芒草，在黑夜中簌簌搖曳，彷彿隨時會從那些芒草中出現……啊！我不能再自己嚇自己了！

「凱蒂，辛苦你了，這場戲結束後，我們會給妳一個紅包，讓妳去去晦氣，辛苦了！」拍攝前，劇組同仁們這樣告訴我。

紅包？我突然覺得眼前一亮，什麼冷藍冷綠的燈具，都變成溫暖的黃光。哎呀，有紅包要早點說嘛，這戲雖然很嚇人，但身爲敬業的演員，本來就應該要配合啊，沒問題的，我會打起精神好好拍完這一場。

精神抖擻地被扔進土坑……呃，不對，按照劇本那樣，我被扔進了土坑，心裡一直想著待會有紅包拿，這件事似乎比平安符或默念佛號更能振奮我，但即使是心裡有個紅包，當拍到土坑外的人一鏟一鏟地將土潑在我身上時，我還是打從心底恐懼起來。那感覺，眞的眞的好像即將被活埋似的。

而「待會可以拿到紅包」的這個念頭，是唯一能夠幫我抵抗那股尖叫逃走的求生意志的力量。終於拍完後，我出了一身冷汗，嚇得眼眶泛淚。所幸，劇組人員在此時走了過來，拿了一個幾乎是閃亮亮的紅包袋給我。

「凱蒂，這是我們剛剛說好的紅包，記得趕快把裡面的錢花掉，這樣去晦氣的效果最好喔！」
「好，謝謝！」

那有什麼問題？我非常樂意趕快把錢花掉啊！我一面盤算著這大半夜的恐怕只能去便利商店大買特買，才能在最短時間花掉這個紅包，一面滿心歡喜地打開—— 紅包裡，躺著二十元硬幣。我不可置信地再仔細翻了一次，甚至四處看了看地上，確認是不是有鈔票不小心飄落而我沒注意到。
沒有。只有二十元。

我沒開玩笑，在那之前一直爲了紅包忍耐著的恐懼和委屈，這時全爆發出來了。在土坑裡拍戲時，我始終沒哭出來，倒是在這時候，眼淚撲簌簌地一直流出來。

後來，隔天我在沒有戲份的空檔，獨自在宿舍裡睡午覺的時候，也遇上了可怕的不思議事件，雖然我不確定那是否只是我太累了導致的幻覺，但結束那一次拍攝行程後，我特別休息了好幾個月，才終於接了下一檔戲，重回劇組拍攝現場。

結果那一次，我的戲份裡雖然不需要被活埋，卻有令人心驚膽顫的親熱戲，拍攝時爲求逼眞，都不使用借位技巧，而是直接動手，坦白說，心裡還是有點過不去。但是，《戲說台灣》的高人氣，依然讓我得到許多從前在球團啦啦隊裡始終沒有得到的人氣。有一次兩部戲之間的拍攝空檔，我在高雄百貨公司裡的美食街用餐時，就有觀衆跑來和我打招呼，說她很喜歡我演的戲，希望以後能常常看到我、甚至叫得出我戲裡面的角色名字。

好幸福啊……那位觀衆離開後，我按著心窩，感覺到我心裡那個渴望被愛的小女孩像是被充飽了電，而我也全身充滿走下去的力量，我告訴自己，可以的，不管是演狐臭女、演女鬼或者演被打個半死的大老婆，我都可以繼續演下去的。然而，事與願違。

很快地，在幾部戲播出之後，我發現演員費用的計算方式，甚至收到報酬的時間，都與我之前想像的不同，在偏遠鄉間爲了隨時能配合拍戲所耗費的時間，與我實際收到的報酬相比，落差實在太大了。雖然我有心要藉著演員的身份來累積觀衆，但是這樣的工作模式，甚至無法讓我在沒拍戲的空檔接一些展場與外拍的工作，沒有其他收入的支援，也只能放棄這條路了。

雖然必須放棄，但我依然覺得，這個岔出啦啦隊生活外的演員時光，是讓我成長的一段重要養分。當時劇組裡受到的挫折、關心、收穫與演員之間的情誼，至今都讓我無比珍惜。我開始體會到，在短短的人生裡，每一段際遇，都有它的道理，即使是這些「戲說凱蒂」的日子，也充滿了意義。

即便後來沒能繼續演員之路，但那段拍戲時光所學習到的一切，是我人生中相當重要的養分。

經歷風雨，才能看見彩虹——

做自己，成為最好的凱蒂

「安打！岳、東、華！越打越強岳東華！
轟吧！岳、東、華！越轟越猛岳東華！」
「凱蒂！氣質啊凱蒂……」

2022下半年，因爲一次爲岳家兄弟應援的影片而受到矚目後，突然間有好多人在網路上表達對我的喜歡和支持，讓我超驚喜的，同時也會有一些人問我：「天啊凱蒂，你什麼時候變得這麼浮誇的，我以前怎麼都不知道？」

每次面對這種問題，我總是很不好意思承認——其實，我一直都這麼浮誇喔！

幾年前決定放棄類戲劇演員這條路之後，我在朋友的邀約下，參與了2014年Passion Sisters徵選，也因此重新回到球場上。

因為歷練過不少事，讓我更珍惜現在在球團的時光。

這次回來，當然感覺比之前好多了，全台各地跑不同球場時，公司也會有保母車接送女孩們，只是當然，那樣奔波還是滿辛苦的，只是我這時也已經漸漸習慣那些辛苦之處。

這之中也曾經因爲人和而暫離，但最後還是太喜歡表演、太喜歡球場上萬衆一心渴求勝利的魔幻時刻，我還是回來了。

不過，無論是在哪一個球團裡，我不斷回到球場上的原因，其實還是回歸到內心裡那一個渴望被愛的小女孩身上。

我不想假裝自己很酷、好像都不在乎別人看法，事實上，身爲一個在場上爲球員應援的啦啦隊女孩，無論如何我總是希望被看見、被喜歡的。只是，我沒有想到，最後我會被看見、被喜歡的原因，竟然是我一直以來想要隱藏的那個自己。

真的很喜歡在球場上，那種萬眾一心渴求勝利的魔幻時刻。

從很小的時候開始，我就是一個浮誇路線的女生，爲了要逗朋友笑，模仿奇怪動物或扮醜都在所不惜，甚至覺得把別人逗到笑噴飲料在我身上，是件非常得意的事——但是就我在啦啦隊這個圈子裡這麼多年所看見的、聽見的，大家似乎並不期待啦啦隊女孩是這種瘋瘋癲癲的形象，許多受到大家喜愛的爆紅夥伴們，大多數是甜美可愛的甜姐兒，當然我也知道一些例外，可是，我想不能否認的是，甜姐兒路線確實比較容易受到歡迎。

而我太想、太想表演展現了！我的心裡有一個超級巨大的天坑，讓我甚至願意用另外一面來經營球場上的形象，好讓那個天坑能夠再多得到一點點關注與愛。

可是，我沒有想到，原來本性這回事，是這麼頑固。我其實經常在私底下露出耍寶的一面，不過經常被身邊的人糾正，要我不要做那麼醜的表情和動作。

久而久之，我也打從心底覺得，自己的個性肯定就是害我紅不起來的原因，我太容易自毀形象了！所以我很感謝小乖姐，她是我們中信兄弟啦啦隊的經紀人。

因爲球賽前都會有直播應援，那時候我都會特別搞怪胡鬧，想說應該沒有什麼人認眞在看，沒想到我們公司的小乖姐去看了我的岳政華應援後，竟然在群組發起「凱蒂岳政華模仿大賽」的活動，希望其他女孩來響應模仿，這個舉動讓我受寵若驚，沒想到我的搞笑浮誇竟然得到了認可，還可以被效仿，這對我來說簡直是大大的殊榮啊！

我知道每一位提醒我的夥伴和朋友，都是因爲關心我，希望我爲了這份工作好好維持優雅漂亮的形象，我想她們可能也很傻眼：爲什麼凱蒂明明有一張完全可以賣氣質的混血臉蛋，卻老是要把自己弄得嘴歪眼斜，然後還樂不可支呢？我還眞的很難回答這種問題，除了本性如此，我實在想不出第二個答案了。

所以，我一面努力地將這種瘋狂本性用漂亮的包裝紙包好，但每次一不注意，包在裡頭的那個浮誇小魔鬼就會將包裝紙戳出一個洞，探出她那張「很有事」的奸詐笑容。甚至可以說，我愈藏，那個包在裡頭的本性展現出來時，就會愈浮誇。

甚至，傳說中讓我被大家注意到的百萬點閱抖音影片，也並不是第一次被拍到誇張動作，只是從前有這樣的誇張肢體語言，我通常都默默收藏，還會慶幸沒什麼人注意到。就連引起注意的那個影片，也是我在場上跳舞跳得累了，一個沒注意，本性就溜出甜姐兒的包裝紙外面，那些誇張的舞蹈和表情，其實只是又一次「不夠甜美」的失誤。我眞的沒有想到，眞的眞的沒想到：原來，做好自己，就可以了。

我不需要是芭比娃娃，不需要是鄰家女孩，不需要是高冷冰山，不需要是氣質名媛，不需要是性感尤物，不需要是呆萌甜心。我只需要，成為我自己，成為謝凱蒂。

感謝支持我的球迷朋友，每次看到你們舉起我的應援毛巾，都讓我感動萬分。特別是自製的看板布條顯得格外用心！讓我頓時獲得滿滿能量，應援更加賣力啊！

想要受到關注與被愛，並不需要拚命假裝自己美得很主流。

這個道理，我從前都以爲只是一些沒用的雞湯廢話，從來沒想過，原來我自己就能夠證實這句話。

我知道自己並不完美。

我知道，自己從小就對錢有著莫名的執著，即使比較有名氣了，去洗頭還是要斤斤計較價格，搭計程車也要用好幾個應用程式來比價，直到發現洗頭的助理和計程車司機認出我來，我才爲了顧及形象趕快假裝不在乎那點小錢；我也知道自己太瘦了，身體沒有令人垂涎的凹凸有致，在球場上跳起舞來，沒有彈跳的胸部與屁股來吸引目光，但我也已經從過往的經驗知道，爲了迎合別人的眼光而改變自己的身體，是多麼不智的行爲。

沒想到，我知道不要隨便改變自己的身體，卻依然爲了迎合大家對啦啦隊女孩的期待，而企圖改變自己的心——我眞的是太傻了。

回想起這十幾年，我在不同的球團與不同的隊伍間來來去去，好幾次都爲了自己的名氣不如其他女孩，而遇上極爲尷尬的窘境，印象中某次擔任捷元電腦的一日店長時，還因爲被比較出粉絲數少，而讓我當場在大庭廣衆之下直接哭出來！那些時候，我總是怪自己，怪自己個性太野，不夠甜美，無法成爲別人眼中的甜姐兒。

而在這本書卽將結束之前，我也想特別感謝陪我一起走過人生低谷的廠商——捷元電腦。

在我曾經一度離開啦啦隊、光環不在的時候，謝謝捷元電腦總是不嫌棄、願意給我機會，讓我的內心更加堅強茁壯。

所以，在我眞正受到矚目，眞正被球迷與更多人記住名字的時候，我眞的想要非常鄭重地，發自內心地感謝大家：謝謝每一個喜歡謝凱蒂本來模樣的你，是你們讓我恍然大悟，原來最好的自己，就是眞正的自己。

捷元電腦總是不嫌棄、願意給我機會。

捷元電腦是我衷心想要感謝的廠商。因為有他們，讓我更有勇氣朝夢想邁進。

結語

大家看完我的故事後，有沒有發現少了學生時期的照片了呢？是的！我的學生時期的照片都沒有留下，就連畢業紀念冊都被我家人清空丟掉，當時候我還很生氣的責怪家人怎麼可以亂丟我的照片？

但現今回想起來，那段有著黑暗痛苦的時期，就讓它過去吧！我也才可以真正放下。

最後想跟大家分享，我很喜歡的一首歌的歌詞，
楊丞琳的〈青春住了誰〉，裡面有幾段很激勵我的句子：

「有過傷　有期待　累積幾次挫敗」
「勇氣還在　等待風吹來」
「過往值得了現在」

感謝以前跌跌撞撞過的我，辛苦了！
希望大家能跟我一樣笑著緬懷不如意的過去，
愛自己、做自己，好好珍惜每個當下！

最後，謹以本書，獻給天上的媽媽。

謝謝妳成為我第一個應援啦啦隊，
在誰都叫不出我的名字時，
就四處對鄰居誇耀小女兒，
謝謝妳總是在我看不見自己有多好、別人也不覺得我有多好時，
就不斷告訴我，我在妳心中已經是最好的！謝謝您總是以我為榮，
謝謝您總能體諒我奔波勞碌的辛勞。
面對我熱愛的這份表演工作，即便它不穩定也看不見未來，
您也從不排斥，總是力挺我到底。
甚至還會陪我開直播，熱情的向支持我的球迷朋友一一致謝。

感謝我強而有力的後盾，
我愛您。

我多希望妳能看見此刻的我，媽媽。

浮誇的不是表情，是我的人生

掏心散文

浮誇甜心謝凱蒂的

作者　謝凱蒂
主編　蔡月薰
採訪編輯　劉芷妤
企劃　王綾翊
美術設計　GD design
封面插畫　洪瑋聰

第五編輯部　總監 梁芳春
董事長　趙政岷
出版者　時報文化出版企業股份有限公司
108019 台北市和平西路三段240號7樓
發行專線　02-2306-6842
讀者服務專線　0800-231-705、02-2304-7103
讀者服務傳真　02-2304-6858
郵撥　1934-4724時報文化出版公司
信箱　10899 台北華江橋郵局第99信箱
時報悅讀網　www.readingtimes.com.tw
電子郵件信箱　books@readingtimes.com.tw
法律顧問　理律法律事務所　陳長文律師、李念祖律師
印刷　和楹印刷有限公司
初版一刷　2023年4月14日
定價　新台幣280元

浮誇的不是表情,是我的人生 / 謝凱蒂作. -- 初版. --
臺北市 : 時報文化出版企業股份有限公司, 2023.04
面； 公分
ISBN 978-626-353-552-7(平裝)

863.55　112002164

時報文化出版公司成立於 1975 年，並於 1999 年股票上櫃公開發行，於 2008 年脫離中時集團非屬旺中，以「尊重智慧與創意的文化事業」為信念。

ISBN 978-626-353-552-7 | Printed in Taiwan | All right reserved.